GAROTO POBRE

Edgar J. Hyde

Ciranda Cultural

Título do original: *Beggar boy*

Tradução: Silvio Antunha

1ª Edição
2ª Impressão em 2014
www.cirandacultural.com.br

Sumário

Capítulo 1

Um Garoto Novo na Cidade

Lancei no tabuleiro os dados que estavam na minha mão. Essa não, um quatro e um seis! Contei dez espaços em volta do tabuleiro. Fui parar na rua mais cara, e nela havia um hotel! Contei os espaços novamente, mas continuava parado lá.

– Pode contar quantas vezes quiser, Tommy, mas você está na minha propriedade. Vamos ver agora, com um hotel, vai ficar uma fortuna! – ela comemorou com prazer.

Um rápido olhar em volta do tabuleiro do Banco Imobiliário e para a pilha de dinheiro da minha mãe confirmou o que eu temia: eu havia perdido para ela novamente.

Olhei para a minha magra pilha de dinheiro e disse: – Esse aí sou eu, estou zerado.

– Ganhei! – gritou a mamãe, enquanto batia palmas acima da cabeça para comemorar a vitória.

Eu podia ser um mau perdedor, mas ela era uma ganhadora pior ainda.

– O que vai fazer agora, Tommy? – ela perguntou.

– Está um lindo dia lá fora. Por que não sai para brincar? – ela acrescentou.

– É que estou bem aqui – expliquei com um sorriso tímido.

Mamãe franziu a testa e disse: – Olhe, Tommy, garotos com 13 anos de idade não devem ficar dentro de casa fazendo companhia para a mãe num belo dia como o de hoje.

– Eu sei – repliquei. – É que... – não consegui encontrar as palavras para concluir a resposta.

Ela colocou o braço em volta do meu ombro e disse calmamente: – Você ainda continua com dificuldade para fazer amigos por aqui?

Acenei com a cabeça, constrangido pelo meu fracasso em fazer novos amigos. Eu tentava, mas por aqui não era nada fácil. As crianças (e até os pais) me chamavam de "pobretão".

Tínhamos nos mudado para a parte mais rica da cidade alguns meses antes, logo depois que minha irmã, Emma, nasceu.

Nosso pai nos deixou antes do nascimento dela, e não entrara em contato desde então. Eu sempre me perguntava como ele podia ter sido tão cruel para nos tratar desse jeito. Minha mãe explicava que estávamos "melhor sem ele".

Meu pai deixou a mamãe com muitos problemas financeiros. Ela não conseguia continuar pagando o aluguel e nem trabalhar, porque precisava cuidar de Emma. Por fim, tivemos que nos mudar e fomos parar em um albergue, o que foi horrível. A acomodação do albergue era minúscula e fedorenta. Minha mãe não conseguia dormir à noite com medo de ser roubada, e os outros ocupantes do albergue nos assustavam.

Mas nossa sorte mudou e terminamos aqui na parte próspera da cidade. Fomos morar no apartamento do porão da imensa casa da senhora Benson, na Rua Montague. Meu avô era o caseiro da senhora Benson e eles se davam muito bem. Ele faleceu há alguns anos, mas, por acaso, a senhora Benson ficou sabendo da nossa situação e nos ofereceu o apartamento.

A mamãe não podia recusar uma chance dessas. Em troca de ficar no apartamento, ela limpava a casa da senhora Benson. A casa tem três andares, mais o apartamento. Isso significa muita coisa para limpar, mas é bom para a minha mãe, pois ela pode levar a Emma junto com ela conforme cumpre suas obrigações. Então, embora tenhamos um lugar para ficar, ainda assim temos muito pouco dinheiro. A senhora Benson paga bem pouco, já que desconta o aluguel do salário da mamãe. É aí que os meus problemas começam.

O lugar onde agora estamos é muito rico. Todos têm casas imensas e carrões luxuosos. As crianças só andam com sapatos e roupas da última moda. Seus pais as levam ao clube de tênis ou à academia de ginástica. Só andam de bicicleta nas mais modernas *mountain bikes* e todas parecem ter os mais caros patins que o dinheiro pode comprar. Aposto que todas elas também têm computadores e videogames. Francamente, elas me fazem sentir mal. Mas devo admitir que sinto inveja.

Tentei ser amigável assim que cheguei, mas eles simplesmente me ignoraram. A minha mãe me explicou que isso era absolutamente normal e que com o tempo as coisas melhorariam. Semanas, e depois meses se passaram e a minha situação só foi piorando, não melhorava nunca. O que havia de errado comigo? Eu andava limpo, não cheirava mal e não procurava encrenca.

Então, um dia descobri o que estava errado. Era tudo por causa do dinheiro. Eles tinham, e eu não. Aos olhos deles isso me tornava inferior. O que eu podia fazer?

Como eu só tinha sapatos e calças jeans velhas e puídas, eles riam de mim. Então, um dia, James Dixon, que morava do outro lado da rua, disse que a mãe dele reclamava que eu me vestia como um mendigo. Por isso eles riam de mim, e passaram a caçoar: pobretão, pobretão! Agora, toda vez que me viam, eu os escutava caçoando: pobretão.

Isso me deixava louco!

Garoto Pobre

– Tommy – minha mãe chamou da cozinha. – Você pode ir até a venda buscar leite para mim, por favor?

– Sim – eu respondi resmungando.

A última coisa que eu queria fazer era sair na rua e me arriscar a ser ridicularizado por aqueles ricos idiotas novamente. Eles pareciam estar sempre rondando sem nada melhor para fazer do que zombar de mim. Os pais deles eram tão maus quanto eles. Apesar de não dizerem nada diretamente na minha cara, eu podia notar pelo jeito como me olhavam que eles achavam detestável a minha presença na rua deles.

– Tome esse dinheiro para comprar algo para você – disse minha mãe.

Isso me deixou um pouco mais animado enquanto saía do apartamento rumo à venda. Pelo menos não éramos tão pobres a ponto de não podermos nos presentear de vez em quando.

Capítulo 2

Os Dixons

– Não vou demorar! – avisei minha mãe. Fechei a porta e segui meu caminho, subindo os degraus até chegar à rua.

O apartamento fica abaixo do nível do jardim. Em volta, há uma passagem larga, e lá dentro não é tão ruim quanto se poderia imaginar. Uma série de degraus leva à rua. Assim que me aproximei do topo dos degraus, parei e dei uma olhada para ver se havia alguém na rua. Fiquei aliviado quando percebi que a barra estava limpa.

Caminhando rapidamente, virei a esquina da rua onde ficava o comércio. Era um dia ensolarado e eu estava quase gostando do passeio. Os jardins estavam floridos e os pássaros cantavam nas árvores. Talvez aqui não fosse tão ruim, afinal de contas. Com certeza era muito melhor que o lugar de onde viemos, embora às vezes eu imaginasse se não teria sido mais feliz por lá. Pelo menos lá as pessoas tinham pouca coisa para ostentar em termos da própria riqueza.

Hora do Espanto

Tudo parecia correr bem até então, sem nenhum dos meus inimigos à vista. A venda onde normalmente eu comprava leite, alimentos e jornais foi surgindo bem à frente. Do lado de fora havia caixas de frutas e legumes que ficavam à mostra, algo de que o comerciante se orgulhava muito.

Entrei na venda para pegar o leite e um chocolate. O robusto comerciante de óculos me observava atentamente conforme eu andava pela venda. Era outra pessoa da região que não tinha tempo para mim.

– Diga, o que você quer, garoto? – ele disse em um tom de voz autoritário.

Era como se ele tivesse me julgado pela minha aparência desde a primeira vez em que entrei na venda. Naquele dia ele deve ter decidido que eu tinha o aspecto de um ladrão e desde então ele me classificava assim, sem nenhum motivo. Embora eu soubesse que não parecia tão elegante quanto as outras crianças daquele lugar, isso não dava a ele o direito de automaticamente me classificar como um marginal!

O comerciante continuou: – Se veio aqui apenas para xeretar, então vá embora. Só quero no meu comércio pessoas que pretendam comprar mercadorias!

Mas que atrevido!

– Na verdade, eu quero leite – afirmei.

– Está bem ali, no canto – ele respondeu.

Andei até lá, peguei o leite e depois fui para onde as barras de chocolate ficavam. Como de costume, diante de uma escolha difícil, eu não conseguia decidir qual compraria. Porém, agradava-me o fato de que quanto mais tempo eu demorava ali, mais ele se incomodava.

– Venha cá, você já pegou o leite – disse o comerciante tentando me mandar embora. Eu peguei a barra de chocolate mais próxima e fui pagar a conta. O comerciante não disse sequer "obrigado".

Quando saía da venda, achei que devia incomodá-lo um pouco mais. Se ele continuasse a ser rude comigo, então eu seria obrigado a incomodá-lo com minhas pequenas observações.

– Agradeço muito pela cortesia e pelo serviço amigável. Voltarei em breve! – eu disse com um grande sorriso no rosto. Ele fez uma careta e eu rapidamente caí fora da venda.

Foi um desastre! Dei de cara com Rob Dixon e seu irmão Paul. Eles eram quase da mesma idade que eu, mas Rob era mais alto e Paul era mais forte. Eu sabia por experiências passadas que se uma briga estourasse, eles seriam os vencedores. Os irmãos eram o que as pessoas chamariam de "gente fina". Eu achava que eles eram apenas chatos. Ambos vestiam roupas modernas e sapatos brancos brilhantes.

O cabelo era penteado para trás, com gel, o que os fazia parecerem mais velhos, e James tinha um brinco de diamante. Por um tempo, eles me olharam de cima a baixo como se eu não tivesse o direito de respirar o mesmo ar que eles.

Rob me empurrou com força no peito com ambas as mãos. Depois, esfregou as mãos nas calças, para mostrar que ao me tocar, sujava-se.

– Tem roubado muito, pobretão? – disse Rob.

– É o que se espera de gente da sua laia – acrescentou o irmão dele.

Não respondi à provocação.

– Qual é a sua? Burro demais até para falar? – continuou Rob.

Paul então partiu para cima de mim: – Olha só o estado dele! Esse tipo não devia ter autorização para viver aqui!

– Costumávamos nos vestir como você até o nosso pai conseguir um emprego! – ridicularizou Paul.

– Ah, é claro, você não tem pai, não é mesmo, pobretão? – acrescentou Rob, enquanto ambos riam.

Em pânico, tentei passar correndo por eles. Quando fiz isso, Rob bateu na mão em que eu levava o leite. A caixa voou no ar e estourou no meio da rua. Os Dixons riram da maldade que fizeram.

– Era para a minha mãe! – eu gritei.

Paul zombou e disse: – Vão passar fome de novo, pobretão?

Então, o comerciante apareceu na soleira da porta.

– O que estão aprontando, garotos? – ele perguntou.

– Ele deixou cair o leite. É um cara muito desastrado – disse Paul.

– Ele pagou por isso, não é? – observou Rob em tom de falsa preocupação ao comerciante.

O comerciante concordou e me perguntou: – Vai querer a reposição?

– Não! – repliquei balançando a cabeça. – Tenho que pegar mais dinheiro com a minha mãe.

Um sorriso maroto surgiu na face do comerciante quando ele disse: – Isso é muito justo. Não dou crédito a gente como você!

Corri pela rua, furioso com esse comentário. Por que todos eles eram tão maldosos comigo?

Capítulo 3

O Major Jackson

Quando alcancei a Rua Montague, diminuí a marcha e voltei a caminhar. Ao me acalmar depois da humilhação nas mãos dos Dixons, tentei me convencer de que as coisas não estavam tão ruins quanto pareciam. O meu pensamento positivo foi cortado por uma parada brusca.

Pulei de susto quando uma voz gritou: – O que tem feito de bom?

Era o major Jackson, que vivia nas redondezas. Ele era um oficial aposentado do exército e sua fama na região era de ser muito respeitável, mas também muito bravo. Como não podia deixar de ser, em se tratando de um ex-militar, ele tinha o tipo de voz que faz você pular de susto quando fala.

Ele permanecia em pé, 1,80 metro de altura, com postura bem correta, olhando de cima para mim. Era como se eu estivesse de prontidão e ele me inspecionasse. Imaginei que seus subordinados deviam morrer de medo dele.

– Eu? – perguntei surpreso.

– Não seja insolente garoto! Por que estava correndo? – ele me questionou.

Para mim bastava e eu berrei:

– Eu só estava correndo e agora estou andando! Isso é crime por aqui?

Eu olhava diretamente nos olhos do major quando disse isso, mas ele me encarou de volta com um olhar muito ameaçador. Desviei os meus olhos dos dele e, em vez disso, coloquei o foco em seus sapatos extremamente engraxados e polidos.

O major parecia muito zangado com a minha atitude e gritou:

– Não levante a voz para mim, garoto!

– Sinto muito – repliquei imediatamente tentando acalmar a situação. Talvez aquele velho major achasse que ainda era certo dar sopapos na cabeça de garotos como eu sem razão nenhuma.

O major continuou: – Não sei o que este lugar vai se tornar com gente como você correndo desembestado por aí. Não admira que a taxa de criminalidade esteja alta!

Permaneci ali assustado demais para me mexer por algum tempo.

– Dê o fora e não se meta em confusão! – ordenou o major. Com a cabeça abaixada, caminhei lentamente para o apartamento. Aquilo simplesmente não estava certo: por que ele foi me provocar?

A porta rangeu quando a empurrei para abrir. Minha mãe surgiu diante de mim.

– Onde está o leite? – ela perguntou.

Engoli em seco e disse: – É que eu... deixei cair...

Minha mãe soltou um suspiro e disse: – Mas que ótimo!

Depois, ela olhou para as minhas mãos e exclamou: – Mas você não deixou de pegar o seu chocolate!

Acenei com a cabeça, embaraçado, e ofereci: – Vou voltar para buscar outro.

– Sim, realmente precisamos do leite, Tommy. Aqui está o dinheiro. Vá buscá-lo – ela disse.

Meu coração sabia que eu tinha desapontado minha mãe, mas minha cabeça dizia que eu realmente não queria enfrentar aquelas pessoas que tinham sido tão terríveis comigo. Ela parecia sentir que alguma coisa não ia bem.

– Você tem algum problema em ir até essa venda? – ela perguntou.

– Mais ou menos... – repliquei encabulado.

– É o comerciante. Na verdade ele não me olha nos olhos, se entende o que eu quero dizer.

Minha mãe olhou preocupada e disse: – Você não andou criando confusão por lá, não é mesmo?

Deixei escapar um suspiro profundo. Como de costume, devia ser culpa minha! Ela entendeu o recado de que me aborreci com a observação dela e se lamentou:

– Desculpe.

– O comerciante acha que só vou à venda dele para roubar coisas – eu disse.

A minha mãe retrucou: – Ora, não seja bobo, Tommy! Por que você tem essa impressão?

– É a maneira como ele olha para mim e como fala comigo – expliquei.

Ela tentou me consolar e disse: – Bem, se ele fizer isso novamente, é melhor você me contar, pois ele vai se ver comigo.

Colocando o braço em volta do meu ombro e me dando um abraço, ela acrescentou: – E você trate de ser o mais educado possível.

Capítulo 4

Um Menino Pobre de Verdade

Mais uma vez, antes de me aventurar pelas ruas verifiquei se a barra estava limpa. Ótimo! Nenhum sinal dos Dixon e nem do velho major bravo. Talvez agora eu conseguisse executar a tarefa simples de ir até a venda buscar leite sem voltar para casa de mãos vazias, e sem deflagrar a III Guerra Mundial durante o trajeto.

Assim que coloquei o pé na rua, um repentino calafrio me percorreu a espinha. Estremeci por um momento e depois olhei pela rua afora.

Havia um garoto da minha idade. Na verdade, havia um garoto realmente maltrapilho. Por um momento, o fato de eu pensar que existia um garoto pobre de verdade me distraiu.

"Se os outros pudessem olhar para ele, talvez não fossem tão duros comigo" – pensei comigo mesmo. Sabia que estava errado, mas o pensamento passou rapidamente pela minha cabeça:

"Mas o que gente desse tipo faz por aqui?"

O garoto parecia imundo. O cabelo ruivo dele estava muito curto e o corte era tão mal feito que ele próprio devia tê-lo cortado.

Seria um sem-teto?

Vestido com um velho colete esfarrapado e calças jeans surradas e rasgadas, ele compunha uma figura patética. Nos pés, calçava grandes botas desgastadas, que há muito tinham visto seus melhores dias. E exibia aquela expressão ferida de alguém que tinha passado por maus bocados na vida.

Estava encostado no muro olhando diretamente para mim. Caminhei pela rua evitando encará-lo. Quando estava quase virando a esquina, olhei para trás pela segunda vez.

Ele tinha sumido!

Para onde havia ido?

Não havia sinal dele na rua, então, ele devia ter saído por um jardim ou algo parecido. Dei de ombros e segui meu caminho, intrigado com a aparência daquele estranho e pela maneira como ele se comportara.

Então, com o canto do olho, eu o vi atravessar a rua na minha frente. Foi de arrepiar!

Como ele tinha conseguido chegar lá sem passar por mim?

Outro calafrio me percorreu a espinha quando nossos olhares se encontraram na rua.

Por que ele estava me encarando?

Será que pretendia me roubar ou me atacar?

Nessa hora eu fiquei assustado e, bem depressa, segui o caminho para a venda.

– Ah, voltou novamente! – disse o comerciante. – Espero que você seja mais cuidadoso dessa vez.

– Mas foram os outros garotos que bateram na minha mão – afirmei.

O comerciante balançou a cabeça e disse:

– Não há necessidade de colocar a culpa por ser desastrado em outras pessoas.

– Não é mentira, foi culpa deles! – contestei.

O comerciante olhou para mim com cara feia e disse: – Conheço os Dixons há anos, e eles são bons garotos. Acha que vou acreditar na sua versão dos fatos? – ele perguntou, incrédulo.

Percebi que estava perdendo tempo com aquele cara. Ele jamais aceitaria a minha palavra contra a deles. Com a cabeça baixa, paguei o leite e saí da venda.

Ainda olhando para baixo, para os meus pés, senti a repentina presença de alguém na minha frente. Olhei para cima, pisquei, e recebi o maior susto da minha vida. O garoto pobre estava bem na minha frente!

Olhamos fixamente um para o outro por um tempo. Aquilo era muito desagradável para mim, então, tive que quebrar o silêncio entre nós.

– O que você quer? Não tenho dinheiro – eu disse.

O garoto olhou firme para mim e respondeu: – Não tenha medo, Tommy.

Aquilo foi realmente assustador. Como ele poderia saber o meu nome?

Eu nunca tinha visto aquele garoto antes. De perto, o rosto dele estava imundo e os dentes eram amarelados e podres. As mãos estavam encardidas e tinham grossas linhas pretas de sujeira embaixo das unhas. As roupas pareciam que não eram lavadas há meses, e se fossem lavadas, provavelmente rasgariam.

Perguntei ao garoto: – Como você sabe o meu nome?

– Isso não importa, Tommy – ele replicou. – As pessoas daqui estão fazendo você passar maus bocados, não é mesmo?

Isso me colocou na defensiva e eu disse: – Não! Estou muito bem por aqui.

O garoto olhou para mim com simpatia e disse: – Sei como você se sente. Já estive nessa situação antes.

– O que você sabe dos meus problemas? – perguntei.

O garoto respondeu: – Eu sei da mágoa, Tommy. Entendo a humilhação.

Nossa conversa foi interrompida abruptamente pelo comerciante.

– Com quem você está falando aí? – ele gritou.

Virei-me para responder:

– É apenas um garoto.

– Que garoto? – disse o comerciante.

Ele havia sumido!

Olhei pela rua de cima a baixo para encontrá-lo. Com certeza ele não poderia ter desaparecido tão rapidamente!

– O garoto que estava aqui comigo há um segundo – repliquei. O comerciante começou a se zangar e berrou:

– Filho, não desperdice o meu tempo. Volte já para casa e fale sozinho à vontade!

– Mas eu estava falando com outro garoto agorinha mesmo! – exclamei.

Apontando para a rua, o comerciante bradou: – Fora daqui!

Não era hora para discutir, e eu segui o meu rumo.

Parei e me virei quando ouvi caixas se espatifando no chão. Algumas frutas e legumes do comerciante à mostra na frente da venda tinham caído.

Um sorriso maroto surgiu no meu rosto quando vi laranjas e alfaces espalhadas pela calçada. O comerciante coçava a cabeça imaginando como aquilo havia acontecido.

Será que o garoto teria feito uma travessura e derrubado as caixas? Não dava para acreditar!

Lá estava o garoto pobre novamente. Desta vez ele passava pelo caminho perto da minha casa.

Eu estava quase atravessando a rua para me encontrar com ele, quando escutei uma batida em uma janela. A senhora Benson acenava para me cumprimentar. Depois de acenar de volta e sorrir por um segundo, eu me virei para encontrar e falar com o garoto.

Ele tinha sumido!

Não havia sinal dele na rua. Verifiquei nos jardins, mas também não havia nada. Como ele conseguia ficar invisível tão rapidamente?

Talvez isso fosse apenas evidência de como o moleque conhecia as ruas. Imaginei que a dura vida que ele levava deveria ter aguçado a esperteza dele.

Eu estava contente de voltar para o sossego do meu lar novamente. Pelo menos a minha missão tinha sido cumprida desta vez. O leite havia sido comprado e entregue em casa com segurança.

Minha mãe falou, brincando: – Parabéns, você merece uma medalha de ouro.

– Ora, nada disso – retruquei. – Quero devorar o chocolate que comprei antes.

Carinhosamente, ela afagou minha cabeça e me deu o chocolate.

– Quer um pedaço? – ofereci.

Capítulo 5

Uma Descoberta

Na manhã seguinte, depois do café, mamãe decidiu o que faríamos durante o dia. Ela limparia a grande casa da senhora Benson nos andares de cima até a hora do almoço, e eu recebi a tarefa de limpar um gaveteiro que ficava em nosso corredor. Isso me pareceu justo, pois eu não queria me aventurar na rua naquele dia, com o garoto misterioso rondando à espreita.

– Mãe, você tem visto garotos estranhos rondando por aí ultimamente? – perguntei reservadamente.

Ela respondeu: – Só um.

– É mesmo? – falei esperançoso.

– Você! – a mamãe riu.

Fiz uma careta e disse: – Não, é sério. Você não viu nenhum estranho por aqui nos últimos dias?

– O que está acontecendo com você, Tommy? – perguntou minha mãe. – Tem alguém incomodando você?

– Bem, não, não mesmo – repliquei. – Eu apenas vi esse estranho garoto pobre ontem. Ele estava rondando por aqui e sabia o meu nome.

Mamãe franziu a testa e disse: – O que um garoto pobre estaria fazendo rondando por aqui?

– Foi o que eu pensei! – respondi.

– Bem, apenas fique longe dele. Não quero você se relacionando com nenhum mendigo – ela disse. – O que as pessoas vão pensar!

Na posição em que eu estava, acho que não fazia muita diferença com quem eu me relacionava. Os vizinhos podiam até pensar que eu estava trazendo mais gente pobre para o local só para incomodá-los. Conhecer a minha sina com certeza já bastava para saber o que eles pensavam.

Mas como o garoto sabia o meu nome? Ele não podia ter ouvido dos abusados que me agrediam, pois todos me chamavam de "pobretão".

Será que ele havia escutado minha mãe ou a senhora Benson me chamando? Os pensamentos de que ele sabia o meu nome e de que podia estar me espionando me preocupavam e me incomodavam.

Mamãe pegou a Emma e disse: – Se precisar de alguma coisa, estou fazendo a limpeza lá em cima.

– Está bem – respondi. – Vou limpar estas gavetas.

O gaveteiro era realmente alto, com cinco gavetas no total, com acabamento em mogno escuro. Logo notei que estava cheio de lixo deixado pelo ocupante anterior do apartamento.

Garoto Pobre

Puxei para abrir a gaveta de cima e retirei pedaços de fios, velhas tomadas elétricas, graxa de sapato, canetas e um monte de coisas assim. Ao trabalhar nas gavetas em ordem descendente, eu juntei uma boa pilha de entulho. Havia objetos úteis e, como eu era de certa forma um colecionador de tesouros, precisava encontrar um lugar para guardar as coisas interessantes. Como de costume, isso provavelmente envolveria uma caixa de sapatos que ficava embaixo da minha cama, um dos meus objetos de estimação que a minha mãe odiava.

Finalmente, abri a gaveta de baixo. Para minha surpresa, estava vazia, fora uma página de um jornal velho. Eu já estava bem perto da porta novamente quando de repente o corredor ficou gelado.

Então, uma explosão de vento gelado soprou a página do velho jornal para fora da gaveta. A página flutuou no ar por um momento e depois aterrissou na minha frente.

Permaneci ali imobilizado pela surpresa, pois não entendia de onde o vento tinha vindo. A porta da frente estava fechada e as outras janelas raramente eram abertas. Voltando aos sentidos novamente, olhei cuidadosamente para a página aos meus pés. Engasguei de espanto.

A manchete dizia:

"GAROTO POBRE MORRE NA RUA MONTAGUE"

Olhei a data. Era de 20 anos atrás. Li a história e descobri que o garoto tinha sido atropelado por um carro desconhecido. Ele tinha cerca de 13 anos de idade, como eu, e mendigava no local. A polícia também achava que ele podia ser um sem-teto que vivia na região. Parece que ele atravessou na frente do carro em circunstâncias suspeitas.

Na época, a polícia achou que o garoto estava sendo perseguido, mas nenhuma testemunha confirmou isso.

Agora, a situação estava ficando realmente espantosa. Primeiro, era o garoto pobre que desaparecia, e agora a história do jornal surgia diante dos meus olhos. O que tudo isso significava?

Peguei a página e subi correndo para o andar onde a minha mãe fazia limpeza.

– Olhe, mãe! – gritei.

Em seguida, balbuciando, contei para ela a história do garoto e do jornal. Talvez eu estivesse falando rápido demais e nada fazia sentido para ela, pois ela parecia não escutar o que eu estava dizendo.

– Calma, Tommy! – ela pediu. – Você está se sentindo bem?

– Sim, mãe, estou ótimo – respondi.

– É só uma coincidência fantasmagórica, não é mesmo?

A minha mãe colocou a mão na minha testa para verificar minha temperatura e disse: – Ou é isso, ou você tem imaginação muito fértil!

– Estou bem, mãe, é verdade! – gritei.

– Você tem agido de maneira um pouco estranha ultimamente, Tommy. Tem certeza de que nada está aborrecendo você? – ela perguntou novamente.

Então, a senhora Benson apareceu na sala.

– O que está acontecendo? – ela perguntou.

A minha mãe olhou envergonhada e respondeu: – Oh, é só alguma coisa que o Tommy tem na cabeça a respeito de um garoto pobre.

– Um garoto pobre? – a senhora Benson indagou.

– Sim, aqui está a história no jornal que descobri nas gavetas lá embaixo – eu disse.

A senhora Benson pegou a página e colocou seus óculos de leitura. Ela fez um aceno de recordação quando leu a história.

– Uma tragédia terrível. Aconteceu há uns 20 anos bem aí na rua – ela declarou.

– Mas exatamente o que aconteceu? – perguntou minha mãe.

A senhora Benson suspirou e disse: – Parece que um garoto pobre estava sendo perseguido e atravessou na frente de um carro. Morreu na hora.

– Isso é terrível! – disse minha mãe.

– Sim, foi – replicou a senhora Benson. Ela continuou:

– A polícia suspeitou que alguns garotos locais estavam envolvidos no incidente, mas não apareceu ninguém para trazer nenhuma evidência.

– Então, ninguém nunca respondeu na justiça por causa da morte do garoto – afirmei.

– Parece que é isso – disse a senhora Benson. – De qualquer forma, preciso sair. Vou encontrar algumas amigas para tomar um café às onze horas.

– Você não conhecia o garoto? – perguntei à senhora Benson enquanto ela deixava a sala.

– Oh, não! – ela replicou. – Não queremos incentivar esse tipo de gente por aqui.

Por um momento fiquei chocado com a observação da senhora Benson. Ela era igual a todos os outros. Por que eles não podiam ser um pouco mais tolerantes?

A minha mãe olhou para mim e disse: – Tenho muito trabalho para fazer e você também, Tommy.

Peguei a minha página de jornal e voltei para baixo, ao apartamento.

Conforme eu limpava o lixo das gavetas, não conseguia parar de pensar no que tinha acontecido com o garoto pobre 20 anos antes.

Será que ele tinha sofrido o mesmo tormento que eu, e será que isso resultou na morte dele?

Eu tremia só de pensar que poderia facilmente terminar sendo atropelado por um carro, ao ser perseguido pelos meus horríveis vizinhos. Será que o meu encontro com o garoto pobre na véspera tinha sido apenas coincidência?

Capítulo 6

Uma Oferta de Ajuda

Ao meio-dia, mamãe desceu com Emma para preparar o almoço para todos nós. Ela pegou um macarrão no armário e mostrou-o para mim.

– Vou fazer espaguete – ela disse com um sorriso. – É a sua recompensa por limpar essas gavetas.

– Que bom – repliquei calmamente.

Em poucos minutos estávamos sentados diante da mesa da cozinha com o almoço pronto. O macarrão cheirava bem, mas o meu apetite não estava ali. Eu tinha muita coisa na cabeça com os misteriosos eventos de ontem e de hoje.

– Algo errado com a comida? – mamãe perguntou.

– Não, está ótima – repliquei. – Só não estou com muita fome.

Levantei da mesa e fui dar uma olhada pela janela da cozinha.

Essa janela dava para os degraus que levavam ao jardim. A minha atenção se voltou para Emma por um segundo, quando ela tossiu. Ao girar a cabeça de volta para observar pela janela, fiquei branco de susto: lá estava ele!

– Olhe! – gritei.

O garoto pobre estava no topo dos degraus olhando para mim lá embaixo.

– Mãe, depressa! – pedi virando para ela.

Mamãe pulou da cadeira e correu para a janela. Olhou para fora e suspirou.

– Tommy, já basta dessa coisa sem sentido! – ela disse.

Olhei novamente para o topo da escada e o garoto tinha sumido.

– Ele deve ter ido embora quando chamei você – expliquei.

– Muito conveniente – mamãe reagiu.

– Estou lhe dizendo, ele estava ali um segundo atrás! – gritei.

Minha mãe voltou para a cadeira e sentou deixando escapar um suspiro. Pude sentir que ela não estava contente comigo.

Não sei o que ela pensava – talvez que eu estivesse fazendo alguma brincadeira cruel com ela ou que provavelmente eu não me encontrasse bem da cabeça. Para ser sincero, eu estava agindo de maneira um pouco estranha nos últimos tempos, mas tinha uma boa razão para isso (embora ela não soubesse, é claro).

– Venha aqui, Tommy – ordenou a mamãe. – Talvez você tenha visto um garoto, mas isso não pode atrapalhar o que está fazendo. Se você continuar se comportando assim, vou ter que levá-lo ao médico.

Fiquei tão confuso a respeito do que estava acontecendo. Era certo que eu tinha visto o garoto pobre, mas fiquei envergonhado e preocupado, pois a estranha maneira como eu agia estava começando a aborrecer minha mãe. E se ela estivesse certa e eu estivesse imaginando tudo aquilo?

O único jeito que eu via de manter a mim e a minha mãe contentes era afastar de mim mesmo quaisquer futuros pensamentos sobre o assunto.

– Vou sair para respirar um pouco de ar fresco – eu disse.

Um olhar intrigado apareceu no rosto da mamãe.

– Há séculos você não se interessa em sair para respirar – ela me lembrou. – Por que resolveu sair agora, de repente?

Dei de ombros e respondi: – Deu vontade, é só isso.

– Você me preocupa – disse a mamãe, enquanto eu me dirigia para a porta.

– Não demoro! – gritei, conforme subia pelos degraus para chegar ao térreo.

Em vez de verificar se os meus inimigos estavam por perto, como normalmente fazia, caminhei ousadamente para a calçada. Eu só tinha uma coisa em mente: enfrentar aquele garoto pobre de uma vez por todas.

Eu tinha certeza!

E lá estava ele andando na rua um pouco distante de mim.

Juntei toda a minha coragem e gritei: – Ei, você! Quero falar com você!

O garoto continuou a caminhar sem me ouvir. Ele virou a esquina para a rua onde ficava a venda. Decidi que dessa vez eu precisava enfrentá-lo e comecei a correr atrás dele.

Quando virei a esquina, fui obrigado a parar. Ele tinha sumido!

Como ele conseguia fugir de mim tão facilmente?

Olhei ao longe, procurando algum sinal dele rua abaixo. Depois de um minuto, desisti e me senti desanimado. Afinal de contas, será que eu estava vendo coisas?

Virei para voltar para casa e, ao fazer isso, toda minha pele ficou arrepiada! Ali, bem na minha frente estava o garoto pobre...

– Você quase me fez ter um ataque do coração! – gritei. – O que acha que está fazendo, esgueirando-se atrás de mim assim?

– Não se assuste, Tommy – disse o garoto. – Estou aqui para ajudar você.

Capítulo 7

Doce Vingança

Enquanto tentava saber o que o garoto pobre queria dizer com "ajuda", ouvi de repente uma algazarra. Era a gangue dos Andrews!

Antes que eu percebesse, eles tinham me rodeado e repetiam rindo:

– Pobretão! Pobretão!

A família Andrews morava algumas casas adiante, na rua de cima. Os pais eram diretores de alguma firma na cidade e mimavam completamente os filhos. Tudo o que os três irmãos e a irmã queriam, eles davam.

Era difícil julgar qual família era a mais horrível: os Andrews ou os Dixons.

Por fim, vi que estavam empatados.

Thomas, o mais velho da família Andrews, que tinha 15 anos de idade, me empurrou contra o muro. Os dois irmãos mais jovens e a irmã queriam fazer o mesmo. Todos estavam ali, zombando de mim e me ofendendo:

– Quando é que você vai entender o recado e vai dar o fora daqui? – Thomas gritou na minha cara.

– Deixem-me em paz – gritei. – Não fiz nada para vocês!

Alex Andrews, que tinha apenas 9 anos, prendeu o nariz e me ofendeu: – Nós podemos sentir seu fedor de longe.

– É, o seu lugar é num chiqueiro, e não aqui – acrescentou a irmã, Charlotte, também prendendo o nariz.

De certa maneira senti pena dos membros mais jovens da família Andrews. Com um irmão mais velho como Thomas, e com Nigel seguindo o exemplo, que chance teriam Alex e Charlotte?

Para eles, era natural copiarem o irmão mais velho e crescerem como pequenos seres humanos terríveis.

Foi então que percebi que o garoto pobre tinha desaparecido novamente. Mas que bela ajuda ele tinha me dado...

Ele se ofereceu para me ajudar e quando a confusão começou ele caiu fora como um raio.

– Corre pra debaixo da saia da mamãe – gritou Nigel, o outro irmão.

Eles me deixaram passar, mas quando eu estava quase para sair correndo, senti a bota do Thomas no meu traseiro. Gritei de dor e continuei a correr o mais rápido que podia.

Garoto Pobre

Eu ainda os ouvia gritar: – Garoto pobre fedorento! Garoto pobre fedorento!

Quando voltei para a Rua Montague, lá estava o garoto pobre na minha frente de novo. A raiva me subiu à cabeça e eu estava pronto para desafogar em cima desse garoto pobre "de verdade".

– Onde você foi? – perguntei abruptamente com as minhas narinas trêmulas.

– Dei uma volta por aí – era sempre a mesma resposta.

Ele não parecia nem um pouco incomodado com a minha óbvia fúria dirigida contra ele.

Será que ele estava apenas agindo com "frieza", ou realmente ele não se importava?

– Você disse que podia me ajudar – continuei.

– Tudo o que você precisa fazer é pedir – ele respondeu calmamente.

– Sim, eu quero ajuda – gritei. – As pessoas daqui são horríveis comigo.

O garoto em seguida observou: – Também eram assim comigo.

O que ele queria dizer com isso?

Talvez ele mendigasse por ali antes de eu chegar e tivesse sofrido nas mãos daquelas crianças terríveis.

– Quer dizer que você também já passou maus bocados com os Andrews e os Dixons? – perguntei em um tom de voz mais razoável.

– Não eles, mas outros já tornaram a minha vida difícil – ele respondeu.

Fiquei intrigado com a resposta e indaguei: – Que outros?

– Você não os conheceu. As pessoas mudaram daqui, mas as atitudes delas, não – ele respondeu.

Curioso para saber mais a respeito do garoto, perguntei:

– Então você passou pela mesma confusão de agora há pouco?

– É, posso dizer que sim – disse o garoto em um tom de voz quase divertido.

Como ele poderia achar quase engraçada a situação de ser provocado e intimidado?

Comecei a me perguntar se ele não sabia nada a respeito do acidente de 20 anos antes. Depois de limpar a garganta eu decidi indagar o garoto a respeito dos eventos do passado.

– Sabe alguma coisa sobre o garoto que foi atropelado e que morreu aqui 20 anos atrás? – perguntei.

O garoto disfarçou e não me respondeu. A recusa em responder me intrigou e me fez querer pressioná--lo mais.

Eu continuei:

– Foi um garoto como você que morreu aqui nesta rua. Você sabe alguma coisa sobre o que aconteceu?

– Ambos sabemos o que aconteceu – respondeu o garoto indicando claramente que não queria mais discutir o assunto.

Por que ele ficaria tão arredio a respeito para discutir algo que poderia ter acontecido 20 anos antes?

Será que esse garoto pobre era irmão, parente ou amigo do garoto morto?

De qualquer forma, achei melhor não pressioná-lo demais sobre o assunto por enquanto. Afinal de contas, ele era meu novo aliado em minhas batalhas contra as pessoas ignorantes da área.

Mudei o assunto para os dias e para os meus problemas atuais.

– Então, como pode me ajudar? – perguntei ao garoto.

Seus olhos se iluminaram com a minha pergunta e ele replicou: – Eu tenho meus métodos.

A resposta mais uma vez era bastante enigmática para o meu gosto. Eu teria que descobrir o que aquilo realmente significava.

– O que quer dizer com "métodos"? – perguntei.

O garoto sorriu e retrucou: – Você verá, não se preocupe. Tenho certeza de que os resultados vão deixá-lo satisfeito.

– Ótimo, quem vamos visitar primeiro? – perguntei.

Ele coçou o queixo enquanto pensava profundamente.

– Vamos começar com os Andrews.

Esfreguei as mãos animado com a perspectiva de uma pequena vingança e disse: – Quando começamos?

– Acho que hoje à noite está ótimo! – foi a resposta imediata dele. – Chamo você assim que chegar e estiver pronto. Não deixe a sua mãe saber nada sobre isso!

– Certo, nenhuma palavra do que você disse – repliquei.

– Agora volte para casa e aja normalmente até eu vir encontrá-lo hoje à noite – ordenou o garoto.

Acenei com a cabeça concordando. Voltei para o apartamento, vibrando por antecipação. Conforme eu caminhava, percebi que sequer sabia o nome do garoto ou onde ele morava. Teria que descobrir isso da próxima vez que o visse.

– Oi, mãe! – gritei quando cruzei a porta ainda em estado de animação.

– Esse passeio parece ter deixado você animado. Acho que o ar fresco lhe fez bem! Você encontrou o misterioso garoto pobre? – ela sorriu.

Pensei por um instante e depois respondi. – Não, não mesmo.

Garoto Pobre

Embora detestasse mentir para a minha mãe daquele jeito, aquela parecia a única maneira de agir no momento.

Até ter certeza do que estava acontecendo, não havia motivo para preocupá-la. Além disso, ela achava que toda aquela história do garoto pobre era apenas fruto da minha brilhante imaginação.

Capítulo 8

Um Segredo

Mais uma vez estava sem apetite na hora do jantar. A ansiedade por causa da aventura iminente superava qualquer fome que eu sentia. Isso provocou grande descontentamento na mamãe. Ela detestava comida desperdiçada, especialmente pelo nosso orçamento apertado.

– Mas que graça tem eu preparar boa comida se é só para desperdiçá-la? – ela perguntou.

– É que agora não estou com fome – eu disse.

A mamãe, obviamente, estava ficando preocupada com a minha saúde e prosseguiu: – Se o seu apetite não voltar ao normal logo, vou levar você ao médico.

Às vezes eu imaginava o que aconteceria se a minha mãe soubesse da extensão do tormento que eu enfrentava com os vizinhos. Muitas vezes ela parecia realmente preocupada comigo, mas em outras parecia colocar a culpa no fato de eu ser muito sensível. Como Emma era apenas um bebê, porém, acho que ela devia ter coisas mais importantes para se preocupar.

Depois de assistir um pouco à TV, fingi um enorme bocejo e disse: – Acho que vou para a cama agora.

Ela me olhou com um ar bem desconfiado e disse: – Sim, durma bem.

Fui para a cama e me escondi embaixo das cobertas com roupa e tudo. Desse jeito, se a minha mãe fosse verificar ela acharia que eu estava de pijama.

Olhei embaixo da cama e puxei a caixa de sapatos. Dentro da caixa estavam as coisas que eu tinha salvo da limpeza das gavetas. Cuidadosamente dobrada por cima estava a página amarelada do jornal que continha a manchete a respeito do garoto pobre. Li e reli várias vezes, tentando obter alguma indicação de como seria a aparência do garoto.

Era uma pena que a descrição dele fosse tão vaga, e que não trouxesse nem o nome e nem uma foto. Por alguma razão incompreensível, eu pensava que ele só poderia ser exatamente como o garoto que eu tinha conhecido.

Enquanto estava na minha cama eu imaginava que planos o garoto pobre teria para hoje à noite. Será que ele apareceria mesmo?

Relembrei com alegria do incidente das frutas na porta da venda. Não podia saber com certeza se aquela confusão fora feita por ele, mas tinha um vago pressentimento que sim. Será que travessuras daquele tipo era o estilo dele? E se ele tivesse planejado algo mais pesado?

Como eu era um pouco medroso, isso me deixou um pouco tenso. Podia até ser que as coisas ficassem ainda piores para mim. Se a mamãe descobrisse que eu tinha participado de alguma coisa, eu estaria em sérios apuros. O tempo demorava a passar e a ansiedade estava me matando. Quando o garoto pobre viria me chamar?

Capítulo 9

O Chamado do Garoto Pobre

Alguém bateu na janela: toc-toc-toc. Acordei de repente e pulei da cama. Eu devia ter adormecido. O relógio marcava dez para a meia-noite. Ali na janela estava o rosto pálido e triste do garoto pobre. Ele acenava para que eu fosse com ele. Abri a janela e calmamente escorreguei no ar da noite.

– Espere atrás da cerca e veja o que vai acontecer – ele ordenou.

– O que você vai fazer? – perguntei.

O garoto virou para mim com um largo sorriso maroto e disse: – Vou dar um pequeno susto neles, só isso.

Vi o garoto atravessar a rua e desaparecer atrás da casa dos Andrews. A casa estava em completa escuridão, obviamente todos dormiam.

O que o garoto ia fazer?

Esforçando-me para enxergar na escuridão, calculei que ele tinha saído há pelo menos cinco minutos. Será que ele tinha se assustado com alguém ou simplesmente tinha desaparecido novamente, como ele costumava fazer?

Ou pior ainda: será que ele estaria se preparando para fazer uma brincadeira comigo?

Então, eu vi uma luz acender em uma sala. Depois de um minuto ela apagou novamente. Imediatamente outra luz acendeu em outra sala. Isso continuou e luzes acendiam e apagavam em todos os quartos e salas, de forma aleatória.

De repente escutei um grito assustador vindo da casa dos Andrews. Eu podia ver sombras terríveis e ameaçadoras nos quartos e salas onde as luzes estavam acesas. Escutei mais gritaria da casa.

Mas que diabos o garoto estava aprontando por lá?

Fiquei com medo quando uma janela foi escancarada e as cortinas voaram como se fossem levadas por um vento que soprou forte, embora o ar da noite estivesse em total calmaria.

Como isso aconteceu?

As luzes ainda continuaram a piscar e a gritaria continuava. Fiquei chocado com o que o garoto estava fazendo, mas também fiquei muitíssimo impressionado!

Isso ensinaria aos Andrews uma lição que eles jamais esqueceriam.

Em seguida, a porta da frente da casa foi escancarada e quase arrancada das dobradiças. O som de uma gargalhada demoníaca ecoava pela casa na calmaria da noite. Apressadamente, os membros da família Andrews correram para fora, tropeçando uns nos outros numa escalada maluca para escapar de algum poder sobrenatural que tomava conta da casa deles. Eles estavam total e completamente apavorados, e choravam uns nos ombros dos outros conforme corriam pela rua de pijamas. Eu sufoquei o riso quando os vi desaparecerem no meio da noite ao virarem a esquina correndo.

Depois olhei de volta para a casa dos Andrews. Agora tudo estava em silêncio e em total escuridão. Onde havia ocorrido um tumulto um segundo antes, agora existia um cenário da mais completa tranquilidade.

No entanto, não havia nem sinal do garoto. Eu não podia esperar para agradecer a ele pelo grande trabalho realizado. Eu não fazia ideia do que ele planejava fazer, mas os eventos que eu acabara de testemunhar superavam os meus sonhos selvagens.

O ar da noite começou a esfriar incrivelmente e eu procurava imaginar aonde o garoto tinha ido. Fiquei ainda alguns minutos atrás da cerca e depois resolvi ir até a casa dos Andrews para tentar encontrá-lo.

Cheguei perto da porta da frente aberta e disse calmamente: – Você está aí?

Nenhum som.

– Venha cá, pare a brincadeira – continuei. – Essa foi demais! Como fez isso?

Nem sinal do garoto. Ele devia ter saído dali e ido para a casa dele, onde quer que fosse. Foi uma pena, porque eu estava desesperado para agradecer os esforços dele e descobrir mais a respeito de seus truques.

Verifiquei se ninguém estava por perto e rapidamente atravessei a rua e desci os degraus até a janela do meu quarto. Saltei pela janela e num instante estava no chão.

Mamãe deve ter me ouvido, pois ouvi os passos dela.

Sem perder tempo, rapidamente troquei o pijama e saltei para a cama. A porta se abriu e a mãe apareceu.

– Tommy, o que está acontecendo? – ela murmurou zangada.

Tive que pensar rápido e disse: – Só fui abrir a janela. Estava muito abafado aqui.

Desconfiada, mamãe olhou para mim e depois olhou para a janela aberta. Ela deve ter se convencido com a minha explicação.

– Da próxima vez, abra sem fazer barulho, senão você vai acordar a Emma. Boa-noite! – ela disse ao voltar para seu quarto.

Respirei aliviado novamente. Fui para a minha cama e dormi com um sentimento de satisfação. Era o que a família Andrews merecia há tempos.

Capítulo 10

Tommy Trama a Vingança

A manhã seguinte foi normal comparada com a bizarra noite anterior. Eu estava louco para contar a alguém a respeito do que tinha acontecido com os Andrews, mas a única pessoa com quem podia conversar sem medo agora era o garoto pobre.

Mas onde ele estava?

Por fim, mamãe voltou do andar de cima depois de falar com a senhora Benson por um longo tempo. Ela parecia agitada quando entrou na cozinha e estava ansiosa para me contar alguma coisa.

– O que houve? – perguntei como se não soubesse de nada.

Ela respirou fundo e respondeu: – Você não vai acreditar no que aconteceu na noite passada.

– O que foi? – perguntei, esforçando-me para abafar um cruel sorriso. Ela continuou:

– Bem, parece que os Andrews foram assombrados na casa deles na última noite.

– Assombrados? – estranhei, aguardando por mais detalhes.

– Sim, eles ficaram assustados a ponto de perderem o juízo. Eles correram para a catedral algumas ruas adiante e se recusam a sair de lá desde então – ela respondeu. Nessa hora não consegui esconder o imenso sorriso maroto estampado em meu rosto.

Mamãe reagiu vivamente a essa atitude e repreendeu: – Tommy, isso não é motivo para rir!

Limpei a garganta e disfarcei seriedade.

– Não tem mais detalhes? – eu disse.

Mamãe sentou-se e disse: – Aparentemente todas as luzes começaram a piscar e depois ouviram-se gritos horríveis, como se fossem *banshees,* fadas que anunciam a morte.

– Continue – instiguei.

– Os Andrews disseram que figuras fantasmagóricas apavorantes apareceram e expulsaram todo mundo da casa – disse minha mãe com ar de preocupação no rosto.

Arrisquei minha sorte e perguntei ainda: – Nada mais?

Desaprovando meu interesse mórbido, ela fez uma pausa por um momento e continuou.

– Eles disseram que nas paredes apareceram palavras que pareciam ter sido escritas com sangue.

Um calafrio me percorreu a espinha com esse detalhe e me contorci de repulsa.

O garoto pobre realmente agiu. Claro, eu queria vingança para os Andrews, mas talvez ele tivesse ido um pouco longe demais.

– O que as palavras diziam? – perguntei.

Mamãe pensou um pouco, tentando relembrar a história que a senhora Benson tinha contado para ela.

– Deixem-nos em paz! – disse ela com um ar intrigado no rosto. – O que acha que isso significa, Tommy?

Dei de ombros e respondi: – Não sei.

É claro que essa frase fazia total sentido para mim. Era só uma brincadeira e um aviso do garoto pobre. Ele realmente tinha pregado uma bela peça neles.

Em seguida, a mamãe disse algo que me deixou imediatamente tenso.

– Será que isso não tem nada a ver com o misterioso garoto pobre que você conheceu? – ela indagou.

Não consegui saber se ela estava brincando ou não, mas dei um leve sorriso breve, que pareceu colocá-la fora da jogada...

Depois, ela fez outro pedido.

– Você pode ir à venda, Tommy? – ela perguntou.

Eu suspirei e respondi: – Tudo bem, mãe.

Pelo menos agora os Andrews estavam fora do caminho, então, havia menos chance de ser incomodado no trajeto para a venda.

Com algum dinheiro no bolso, subi as escadas até a rua. Em vão procurei ao redor por um sinal do garoto.

Como sempre, quando eu queria vê-lo ele não aparecia. Eu caminhava pela rua onde ficava a venda, quando uma voz familiar, atrás de mim, me assustou.

– Tommy – disse a voz. Instantaneamente reconheci a voz do garoto pobre.

Sorri admirado e perguntei: – Onde você foi ontem à noite?

– Fiz o meu trabalho – respondeu o garoto calmamente.

– É, foi um ótimo trabalho... Muito bem feito! – exclamei. – Como conseguiu fazer tudo aquilo ontem à noite?

– Como expliquei, tenho meus métodos – ele retrucou.

Impaciente, interroguei-o novamente: – Certo, mas que truques foram aqueles?

O garoto balançou a cabeça e disse: – Jamais poderei revelar.

Essa resposta me incomodou e eu contestei: – Ora, deixe disso. Estamos juntos nessa jogada. Pelo menos me conte como faz essas coisas.

– Não – disse o garoto em um tom de voz que deixava claro que não discutiria mais o assunto.

Caminhamos até a venda e perguntei a ele: – Ainda vai me ajudar na vingança contra os outros?

Sorrindo, o garoto replicou: – Mas é claro que sim. Eles têm sido péssimos com você, não é mesmo? Vamos ver o que é possível fazer com o major e o comerciante.

– Isso parece bom! – repliquei satisfeito.

Ao chegar à venda, entrei na frente. Pretendia provar para o comerciante que eu não estava falando sozinho fora da venda no outro dia, como ele havia afirmado.

– Viu? Este é o garoto com quem eu estava conversando – eu disse, acenando atrás de mim para chamar a atenção do comerciante.

O comerciante riu e disse: – Você realmente está com algum problema, garoto!

Olhei atrás de mim e o garoto já tinha desaparecido novamente.

Qual era o problema dele?

O tom de voz do comerciante se tornou mais sinistro quando ele disse: – Não desperdice o meu tempo. Compre o que precisa e dê o fora da minha venda!

Sentindo-me muito ridículo, rapidamente peguei o que minha mãe havia pedido para comprar. O comerciante cobrou, devolveu o troco no caixa e apontou para a porta com um olhar muito zangado no rosto.

Quando cheguei perto da porta, eu disse: – Você vai ver. Não estou brincando!

– Fora daqui! – berrou o comerciante.

Quando procurei pelo garoto lá fora não consegui encontrá-lo em lugar algum. Ele certamente era um especialista em sumiço. Por que ele continuava desaparecendo quando havia outras pessoas em volta?

Caminhando lentamente, voltei para o apartamento. Tinha esperança de que o garoto pobre aparecesse. E não deu outra: mais uma vez ele tornou a aparecer de repente, do nada.

– Ele tratou você mal novamente? – disse a voz do garoto atrás de mim.

Dei meia-volta para enfrentá-lo e gritei: – Pare de se esgueirar atrás de mim! É de arrepiar o jeito como você faz isso...

O garoto pobre me ignorou e disse: – Bem, sim ou não?

– Sim, ele me tratou mal – repliquei.

– Teremos de acertar nossas contas com ele depois, certo? – combinou o garoto.

– Sim! – eu disse, e fiz uma pergunta ao garoto: – Mas você não pode me contar por que fica se esquivando das outras pessoas?

– É só o meu jeito de ser – foi a resposta dele.

Insatisfeito, continuei: – Por causa disso, estão achando que estou ficando louco.

O garoto olhou intrigado e disse: – Como assim?

– Toda vez que tento mostrá-lo para alguém, você cai fora – respondi.

Não houve nenhuma explicação do garoto enquanto caminhávamos rua abaixo. Ele só não parecia querer conversar a respeito do motivo pelo qual aparecia e desaparecia com tanta frequência.

Ao longe, eu podia ver o major polindo o carro. Brilhando à luz do sol, o carro do major era só orgulho e alegria. Eu apostava que ele estava esperando para me dar uma dura também.

– Olhe, lá está o major, limpando o carro – mostrei para o garoto.

O garoto observou-o a distância e disse: – Acha que ele também vai tratar você mal?

– Provavelmente – repliquei.

O garoto pareceu perdido em seus pensamentos por um tempo e depois anunciou: – Já sei... Vamos matar dois coelhos com uma cajadada só!

Não entendi nada e disse timidamente: – O que vai fazer?

Ele sorriu, olhou para mim e disse: – Tenho certeza de que sei de um jeito de fazer eles se esganarem um ao outro.

– Como assim, quem? – eu disse.

– O major e o comerciante, seu tonto – ele respondeu, impaciente. Por fim, uma luz iluminou minhas ideias: aparentemente, o garoto pobre tinha planos de vingança que envolviam o major e o comerciante ao mesmo tempo. "Agora isso deve ficar interessante" – pensei comigo mesmo.

– Preciso ir agora – disse o garoto. – Volto para encontrá-lo antes da brincadeira começar.

Então, a minha atenção se voltou para o major, cujo contorno estava ficando cada vez mais nítido. Eu queria poder me tornar invisível quando me aproximasse dele.

Ele parecia me ignorar. Mas, bem no momento em que eu passava por ele, veio a observação:

– Quanto mais eu rezo, mais assombração me aparece! Sabe de alguma coisa da baderna que aconteceu na noite passada, garoto? – ele indagou.

Procurando me safar, respondi rapidamente: – Não senhor, não sei de nada.

– Tem certeza? – ele me questionou de novo.

Entrei em pânico e disse: – Não. Estou com pressa. A minha mãe vai ficar preocupada comigo.

Conforme apertei o passo, logo em seguida escutei o major dizer: – Ótimo! Fico feliz em saber que a sua mãe sabe por onde você anda. Você não devia ter autorização para perambular pelas ruas, causando confusão e incomodando pessoas decentes como nós.

Garoto Pobre

Não me incomodei por muito tempo, na medida em que a minha mente se ocupava em pensar no que o garoto pobre tinha reservado para ele. Eu não via a hora daquilo acontecer.

Capítulo 11

Uma Briga na Venda

Foi bem cedinho, logo na manhã seguinte. Escutei uma batida na janela do meu quarto. Esfreguei os olhos e pulei da cama para ver o que era. Quando abri as cortinas, a luz brilhante do sol me cegou, mas ainda assim consegui ver que o garoto pobre estava do outro lado da janela.

Abri a janela com todo o cuidado, pois não queria acordar nem a Emma e nem a minha mãe.

– O que foi? São sete e meia da manhã, sabia? – eu disse calmamente.

– O major está indo para a venda, essa é a nossa chance! – ele replicou.

– Silêncio! Fale baixo ou você vai acordar minha mãe – implorei a ele.

O garoto acenou para que eu fosse com ele. Troquei de roupa o mais rápido que pude, e logo saltei pela janela no ar do começo da manhã.

– O major vai buscar o jornal da manhã, como sempre. Eu vou segui-lo e provocar um tumulto entre eles – explicou o garoto.

– Posso assistir? – perguntei.

– É claro. Eles estarão ocupados demais brigando um com o outro para reparar em você – ele disse.

Avistamos o major caminhando pela rua e o seguimos a uma distância segura. Não havia nem uma alma na rua além de nós. Todos os dias de manhã bem cedo ele ia buscar o jornal e algumas coisas como pão ou leite. Como ele era um cliente muito respeitado, eu não conseguia imaginar como o garoto iria provocar uma confusão entre os dois.

Quando o major entrou na venda, corremos para lá. Ficamos à espreita na beirada da janela.

Lá estavam o major e o comerciante tendo uma conversa educada.

– Certo, vou me infiltrar lá dentro e vamos nos divertir um pouco! – disse o garoto pobre.

– Tome cuidado – recomendei.

Observei o garoto se infiltrar na venda sem ser percebido. Ele se escondeu atrás de uma prateleira de revistas. O major então foi pegar alguma coisa que queria. Enquanto ele procurava, vi o garoto se aproximar por detrás e delicadamente colocar uma imensa barra de chocolate no bolso de fora do casaco dele. O chocolate ficou ali, com a embalagem prateada brilhando como um farol. Para meu espanto, o major não percebeu nada.

Garoto Pobre

O comerciante estava no caixa somando os preços das compras do major. A princípio, ele não parecia ter notado nada. Foi só quando o major estava quase saindo da venda que ele reparou na barra de chocolate.

Então, ele gritou: – Espere aí um minuto.

O major virou-se para olhar o comerciante e disse: – Algum problema?

Olhando arregalado para o bolso do major, ele apontou para a barra de chocolate e disse: – O que é isso?

O major olhou confuso e disse: – Do que você está falando?

– Desse chocolate no seu bolso – acusou o comerciante.

O major olhou para o conteúdo do bolso incrédulo, e exclamou: – Como isso foi parar aí?

– Obviamente você deve ter colocado... – disse o comerciante furioso.

O major ficou muito ofendido com a observação e replicou: – Bem, eu jamais faria isso! Mas que audácia da sua parte!

Subindo o tom de voz, o comerciante disse: – Você estava tentando roubar esse chocolate, não é mesmo?

– Não se atreva! Não sei como isso foi parar aí – gritou o major em resposta.

– Tenho perdido muita mercadoria ultimamente, mas jamais poderia imaginar que fosse você! – gritou o comerciante.

Sem conseguir acreditar na acusação, o major gritou: – Está me acusando de roubo? Não vou ficar aqui ouvindo isso.

Quando o major tentou sair, o comerciante pulou por cima do balcão e o agarrou.

– Não vai, não! – bradou o comerciante.

O major se atracou com o agressor e gritou: – Tire as mãos de cima de mim!

Enquanto os dois lutavam na venda, o garoto pobre agravou a situação derrubando mercadorias das prateleiras e atirando outras coisas no ar.

Também houve muita gritaria e insultos, que não vinham nem da boca do major e nem do comerciante, mas do garoto pobre.

– Seu velho ladrão. Sabia que era você o tempo todo! – dizia uma voz igual à do comerciante, mas que não parecia vir dele.

Da mesma forma, uma voz igual à do major ameaçava: – Você vai pagar por isso.

Reparei que tanto o major como o comerciante deviam estar tão ocupados lutando que nem perceberam que havia outra pessoa na venda imitando a voz deles para piorar as coisas.

De repente, notei outro homem na rua. Ele veio perto de mim e olhou para a venda.

– Por acaso toda essa baderna é um assalto? – ele perguntou.

– Não sei – respondi.

Enquanto isso, lá dentro os dois rolavam pelo chão no meio de uma confusão de leite, açúcar, farinha, ovos e jornais picados. Parecia que um furacão havia passado pela venda, soprando tudo em volta e criando uma cena de briga como em um desenho animado. Eu ria vendo-os fazendo aquelas tolices com eles mesmos.

O homem olhou feio para mim e disse: – Acho melhor acabar com isso.

Ele entrou e separou os combatentes, que ainda trocavam insultos.

Apartando-os, ele disse: – Recuperem o bom senso, cavalheiros.

Parecia, porém, que tanto o major como o comerciante sabiam quem era o homem que os tinha separado.

– Graças a Deus é você, senhor Jones – disse o major.

Limpando o rosto de uma mistura de leite e açúcar (entre outras coisas), o comerciante disse:

– Prenda este homem. Ele estava roubando!

– Ele me agrediu, senhor Jones – queixou-se o major.

Tentando acalmar a situação, o senhor Jones observou: – Olhem para vocês mesmos...

Então, os dois devem ter percebido como estavam sendo ridículos. Um major, aposentado e respeitado, pego roubando em flagrante, e um comerciante que o tinha atacado. Ambos humilhados pelos eventos daquela manhã. A reputação de ambos agora estava arruinada. Maravilha!

Mas aonde o garoto pobre tinha ido? Ele já não estava mais na venda, e não tinha saído pela porta da frente. Enquanto o senhor Jones acalmava o incidente, o garoto deve ter aproveitado a chance e escapulido pela porta dos fundos.

Eu me retirei da cena tranquilo, satisfeito e com um sorriso maroto no rosto. Imaginava como o garoto pobre tinha conseguido passar despercebido na venda e depois escapar. Com certeza o garoto tinha um belo truque para se tornar invisível.

Não conseguia pensar em outro jeito para explicar como ele havia escapado da venda sem ser percebido.

Enquanto escalava a janela de volta, escutei passos. A porta se abriu e vi a mamãe com Emma nos braços.

Ela não acreditou no que viu e disse: – O que você está fazendo aí em cima e, dessa vez, arrumado?

– Pensei em buscar um jornal para você ler no café da manhã – repliquei com a maior cara de pau.

A minha mãe olhou de um jeito estranho para mim e depois disse: – O que você anda aprontando?

– Só estou tentando consertar o jeito como tenho agido ultimamente – respondi rapidamente, esperando que com essa resposta escaparia da bronca.

Minha mãe virou e disse: – Muito bem. Pode ir.

Capítulo 12

A Venda Fechada

Quando cheguei na venda novamente, havia um cartaz na porta que dizia:

"FECHADO ATÉ SEGUNDA ORDEM"

Uma pequena multidão de clientes reunia-se na rua. Além do incômodo pela inconveniência da venda estar fechada, todos fofocavam a respeito do bate-boca entre o major e o comerciante.

As opiniões pareciam divididas quanto à culpa: se era do major, do comerciante ou de ambos igualmente. Enquanto algumas pessoas defendiam o major, que era aposentado e poderia estar distraído, outros aproveitavam a oportunidade para denegrir o nome dele, pois ele passava a maior parte do tempo mal-humorado. O comerciante também não escapou das críticas. Sua personalidade ranzinza e rude foi culpada de causar a encrenca. Fiquei feliz de ouvir que a reputação de ambos havia sido manchada.

Quando voltei ao apartamento sem o jornal para a minha mãe, ela falou: – O que aconteceu agora?

– A venda estava fechada – repliquei inocentemente.

Eu poderia ter explicado para a mamãe as circunstâncias do fechamento, mas achei melhor apenas agir como se não soubesse de nada. Desse jeito, eu não levantaria nenhuma suspeita sobre mim mesmo. Se ela tivesse a menor suspeita do meu envolvimento com o garoto pobre, ela ficaria maluca.

Mamãe ficou com a Emma no andar de cima a manhã inteira fazendo limpeza para a senhora Benson. Para passar a manhã, eu pretendia ler revistas em quadrinhos, mas na verdade fiquei revivendo cada momento do caos na venda. Qualquer pessoa que me visse acharia que eu estava louco, pois eu morria de rir de tempos em tempos.

Na hora do almoço escutei os passos da mamãe descendo os degraus da escada. Ela parecia agitada quando entrou na sala, e eu sabia bem o porquê. Porém, eu não queria revelar o meu segredo, então, não disse uma palavra e esperei que ela acomodasse a Emma.

– Mais novidades! – exclamou a mamãe.

Disfarçando para parecer desinteressado quando desviei o olhar do gibi, eu murmurei:

– Como assim?

Mamãe continuou: – Sabe por que a venda estava fechada essa manhã?

Neguei com a cabeça, tentando evitar que um sorriso surgisse no meu rosto.

– A senhora Benson estava no telefone com uma amiga, e parece que o velho major e o comerciante brigaram na venda. Dá para acreditar nisso? – estranhou a mamãe.

Senti que era seguro esboçar um pequeno sorriso, e indaguei: – Por que a briga?

A mamãe respondeu prontamente: – Parece um pouco confuso, mas algumas pessoas dizem que o major estava roubando, outras dizem que o comerciante o agrediu sem motivo algum.

– Não dá para acreditar! – acrescentei fingindo surpresa.

– Eles foram separados por alguém que passava pela rua e a venda ficou numa bagunça total – explicou a mamãe.

– Bem, mãe, isso mostra que as pessoas daqui talvez não sejam tão respeitáveis quanto gostam de pensar que são – observei.

– Acho que, neste caso, você está certo, Tommy! – disse a mamãe. – A senhora Benson e os outros vizinhos vão falar disso por muitos anos.

Ambos rimos por um tempo, mas paramos quando a campainha tocou. Mamãe foi ver o que era e eu escutei da cozinha.

Uma voz grossa disse: – Desculpe incomodar, senhora. Sou detetive da polícia local.

– Em que posso ajudar? – disse a mamãe.

O detetive continuou: – Você deve ter ouvido falar de um incidente na venda hoje de manhã.

Meu coração acelerou quando imaginei a razão do detetive ter ido ao apartamento.

Mamãe respondeu: – Sim, ouvi alguma coisa da senhora Benson, que mora no andar de cima.

– Bem, parece que um garoto pode ter testemunhado o que aconteceu na venda entre o major e o comerciante – explicou o detetive.

Essa não! O homem que separou a briga na venda devia ter contado para a polícia que tinha falado com um garoto. A polícia agora estava investigando todos os garotos da região.

– Tommy estava na cama – disse a mamãe. – Normalmente ele levanta um pouco mais tarde.

O detetive pareceu satisfeito e disse: – Bem, agradeço a atenção, senhora, só estamos verificando.

Achei que tinha escapado da bronca, quando de repente minha mãe me chamou de lado: – Tommy, venha cá!

Tremendo de medo, eu me aproximei da porta onde o detetive estava.

– Você ficou na cama até às nove, não é mesmo, Tommy? – mamãe perguntou.

– Sim – repliquei em um tom de voz fraco.

Sorrindo, o detetive disse: – Você com certeza se encaixa na descrição, Tommy, mas não poderia estar em dois lugares ao mesmo tempo.

Senti um grande peso sendo retirado dos meus ombros quando ele disse isso. Que alívio!

– Tenham um ótimo dia – disse o detetive quando se virou para subir a escada.

A mamãe fechou a porta e ambos voltamos para a cozinha.

– Deve ter sido o tal garoto pobre que você vê por aí que estava na venda... – ela disse.

– É possível – respondi, procurando ocultar a minha culpa.

Embora o garoto pobre estivesse ajudando a me vingar de quem tinha me humilhado no passado, percebi que eu estava mentindo para a minha mãe. Era uma situação que não me agradava. A vida toda ela me ensinou a dizer sempre a verdade.

Capítulo 13

Escapei por Pouco

Alguns dias se passaram depois do incidente na venda entre o major e o comerciante. A mamãe disse algumas vezes que era só sobre esse assunto que todos os vizinhos comentavam. O major não era visto há dias e circulavam boatos de que ele tinha ficado tão abatido com o que aconteceu que estava para se mudar de bairro. Eu decidi ir até a venda para ver como estava a situação por lá.

Era outro belo dia e eu caminhava pela rua. Agora, eu me sentia muito mais feliz quando saía, pois a maioria das pessoas que costumavam me atormentar tinham deixado o local graças ao garoto pobre. Embora eu o procurasse diariamente, não o via desde que tinha escapado pelos fundos da venda. Será que ele havia se afastado da área para dar um tempo?

Ao me dirigir para a venda, notei um grande cartaz vermelho "À VENDA" na janela. O comerciante ficou tão constrangido com sua atitude naquele dia que não teve alternativa senão vender o negócio.

Os rumores eram de que muitos clientes nunca mais fizeram compra na venda dele depois da confusão com o major. Eles acreditavam que mesmo se o major tivesse errado e tentado sair sem pagar alguma coisa, o comerciante poderia ter resolvido a situação sem recorrer à violência.

Quando me aproximei da janela da venda, senti a presença de alguém atrás de mim. Imediatamente eu soube quem era.

– Nada mal para uma manhã de trabalho – disse o garoto pobre.

– Maravilha – respondi. – Por onde tem andado?

O garoto sorriu e disse: – Ora, por aqui e por ali.

– Como conseguiu ficar na venda sem ser percebido? E como conseguiu escapar? – perguntei.

Ele deu de ombros e respondeu: – Já disse... Tenho os meus métodos.

– Mais alguém para acertar contas? – ele me perguntou.

Cocei o queixo e disse: – Acho que só os Dixons.

– Vou ver o que podemos fazer com eles – disse o garoto.

Ele começou a caminhar pela rua e foi se afastando de mim.

Fiquei curioso e perguntei:

– Aonde vai agora?

– Siga-me – ordenou o garoto.

Fui atrás dele e reparei que estávamos bem próximos da casa dos Dixons.

O garoto parou e ficamos por ali algum tempo.

Uma figura apareceu na janela por um segundo. Será que a pessoa nos viu? Não achei uma boa ideia ficarmos parados por ali sem nada para fazer.

– Vamos embora antes que eles saiam – eu disse.

– Fique aí – ordenou o garoto.

Ele se dirigiu para a porta da frente dos Dixons.

– O que vai fazer? – gritei.

Sem responder, o garoto andou até a porta da frente e apertou a campainha. Depois, apertou de novo, mais uma vez e ainda outra vez. Os Dixons ficariam loucos se nos vissem. Numa fração de segundo, eu tratei de me enfiar atrás de um muro, e depois espiei para ver o que estava acontecendo. O garoto tinha sumido, ele devia ter se escondido. De repente, a porta se abriu. Era Paul Dixon. Ele olhou em volta por um tempo e depois bateu a porta com força.

Alguns segundos depois, o garoto voltou novamente para tocar a campainha. "Eles vão pegá-lo desta vez" – eu pensei. Pisquei os olhos e o garoto desapareceu de novo. Paul Dixon atendeu à porta mais uma vez e olhou em volta. Ele saiu no jardim em busca do misterioso visitante.

– Nenhum sinal de ninguém – bradou Paul para o irmão, que agora estava na soleira da porta.

Os dois voltaram para dentro da casa e o garoto apareceu novamente na porta. Tocou a campainha de novo. "Desta vez ele foi longe demais" – eu pensei. "Os irmãos Dixons devem estar esperando por ele."

A porta foi aberta rapidamente e os Dixons saíram correndo.

– Onde você está? – bradou Paul. Mas o garoto tinha desaparecido novamente.

O irmão ameaçou: – Não tente brincar conosco. Vamos pegar você.

Eu estava quase me retirando para a segurança do meu apartamento quando a voz do garoto pobre gritou atrás de mim: – Estou aqui, seus idiotas.

Paralisado de medo, olhei para o garoto pobre. Por que ele tinha nos metido nessa encrenca justamente com os Dixons?

Eles vieram correndo rapidamente em nossa direção, quando o garoto disse: – Siga-me.

Eu corri como nunca na minha vida quando os ouvi gritando: – Vamos pegar você, garoto pobre.

Corremos pela calçada até o final da rua, com os Dixons nos perseguindo. O garoto pobre, então, desviou o caminho.

– Venha, aqui! – ele me encorajou.

Não parei para olhar ou pensar e o segui. De repente, vi um carro muito perto pelo canto do olho.

O tempo parecia passar em câmera lenta. Achei que o carro não conseguiria parar e que, então, eu morreria. Escutei uma brecada horrível. Então, senti um forte empurrão nas costas. Deve ter sido o garoto pobre que me atirou para fora da trajetória do carro. Fui cair do outro lado da calçada e virei para ver se o carro tinha atingido o garoto pobre. Incrédulo, fechei os meus olhos e queria que tudo não passasse de um sonho.

Quando abri os olhos um segundo depois, reparei que, na verdade, o carro era da polícia. Os dois policiais desceram do carro imediatamente. Um foi ver como eu estava e o outro foi prender os irmãos Dixons.

– Tudo bem com você, filho? – disse o policial. – Essa foi por pouco. Os outros garotos estavam perseguindo você na rua?

Profundamente abalado, apontei para o carro da polícia e disse: – O que houve com o garoto?

O policial ficou intrigado e replicou: – Que garoto?

– O garoto que me empurrou a tempo de evitar o acidente. Vocês devem tê-lo atropelado.

– Você era o único garoto na rua – disse o policial.

Descontrolado, eu gritei: – Mas vocês devem tê-lo atingido. Ele não teve chance.

O policial olhou em volta do carro para verificar pessoalmente e disse: – Olhe você mesmo. Não há mais ninguém envolvido.

– Mas havia... Ele salvou a minha vida! – expliquei.

O policial olhou para mim com simpatia e disse: – Acho que você bateu a cabeça. Acalme-se para termos certeza de que está tudo bem com você.

Depois de alguns momentos, eu me sentei e olhei para o local onde quase encontrei a morte. No meio da rua havia longas marcas de derrapada do carro de polícia, que terminavam onde o carro estava agora.

– Estou bem – eu disse enquanto levantava.

O garoto não podia ser visto em parte alguma.

Alguns metros adiante, o outro policial continuava advertindo os Dixons. O rosto de ambos mostrava que eles estavam em estado de choque e Paul tremia muito. O episódio tinha revirado a vida deles de cabeça para baixo, e estar em apuros com a polícia com certeza desencadearia um severo castigo da parte de seus constrangidos pais.

Eu gritei para eles: – Para onde foi o garoto?

Eles olharam para mim com estranheza, e replicaram em uníssono: – Que garoto? Estávamos perseguindo você.

A confusão foi interrompida pela gritaria da minha mãe: – Tommy! Tommy!

Ela me envolveu com um forte abraço e explicou que a senhora Benson tinha visto tudo e correu para avisá-la.

A senhora Benson apareceu alguns momentos depois e disse: – Tudo bem com você, Tommy?

Respirei fundo e respondi: – Sim, mas você não viu o que aconteceu com o outro garoto?

– Outro garoto? – indagou a senhora Benson. – Eu só vi você ser perseguido pelos Dixons. Acho que eles tiveram o que mereciam.

Olhando a rua pela última vez antes de ser levado embora pela mamãe, eu só pensava no que poderia ter acontecido com o garoto. Eu sequer sabia o nome dele.

– Entraremos em contato em breve – disse um dos policiais.

Capítulo 14

Quem Seria Ele?

Naquela noite, caí na cama, mas não consegui dormir. Aonde o garoto tinha ido e por que ninguém o tinha visto na cena do acidente? Para mim parecia que ele tinha encenado a coisa toda. Afinal de contas, foi ele quem provocou os Dixons para que nos perseguissem. Ao correr pela rua daquele jeito, ele deveria saber que eu estava obrigado a segui-lo sem pensar na minha própria segurança.

Era inconcebível pensar que ele pudesse ter planejado a perseguição dos Dixons pela rua exatamente na hora em que um carro da polícia estava passando por lá. Tudo isso para colocar os Dixons em apuros com a polícia? Desta vez ele tinha realmente ido longe demais. Ou será que os fatos realmente se somavam? Eu não poderia estar imaginando o garoto pobre, poderia?

Impossibilitado de dormir, levei um susto com uma batida na janela. Devia ser ele. Espiei e lá estava ele do outro lado da janela. Um misto de alívio e alegria encheu meu coração. Ele não estava morto e não podia ser invencionice da minha imaginação.

Ansiosamente, abri a janela para conversar com o garoto que tinha salvado a minha vida.

– Ainda bem que você está a salvo – gritei.

– Sim, eu estou bem – replicou o garoto com toda a calma do mundo.

– Para onde você foi? – perguntei.

O garoto pensou por um momento e depois respondeu: – Quando vi que a polícia estava envolvida, achei melhor cair fora.

A explicação dele me pareceu bem plausível, então, fiquei feliz de vê-lo novamente. Ele tinha me empurrado para fora da trajetória de um carro que representava grande perigo para si próprio. Ele era meu herói.

– Você precisa conhecer minha mãe, ela gostaria de lhe agradecer – eu disse.

– Não, acho melhor não – ele replicou seriamente.

Tentei argumentar com ele: – Deixa disso, é só a minha mãe.

– Estou partindo agora, Tommy – ele disse.

Surpreso com essa atitude, eu protestei: – Mas você não pode fazer isso comigo!

– O meu trabalho aqui está feito – anunciou o garoto.

Ele virou, subiu os degraus e sumiu. Como ele podia sair tão de repente sem me dar a mínima chance de agradecê-lo adequadamente? Eu nem sequer sabia o nome dele!

Escutei passos e então a porta do meu quarto se abriu. Era a mamãe. Ela devia ter me escutado abrir a janela para falar com o garoto.

Preocupada, ela olhou e disse: – O que você anda aprontando?

– Era o garoto pobre. Ele estava aqui há um segundo – gritei.

Correndo para a janela, ela olhou na escuridão. Eu podia perceber no rosto dela que não acreditava em mim.

– Não tem ninguém ali – ela disse.

Concordei e acrescentei: – Eu sei. Ele disse que iria embora.

– Você afirma que ele salvou a sua vida, e agora ele não aparece nem para receber os agradecimentos? – disse a mamãe.

– Ele disse que o trabalho dele aqui estava feito – respondi.

Ela colocou a palma de sua mão na minha testa para sentir como estava a minha temperatura. Fechou a janela novamente e me colocou de volta na cama, dizendo:

– Acho melhor levá-lo ao médico amanhã. O estado de choque ainda não deve ter passado.

Sabendo que era inútil tentar convencê-la da existência do garoto pobre, virei de lado e tentei dormir um pouco.

Amanheceu e eu levantei da cama com um sentimento de tristeza. Eu provavelmente tinha visto o garoto pobre pela última vez e para sempre. Lembrando da velha página de jornal que apareceu misteriosamente no gaveteiro, peguei a caixa de sapatos embaixo da cama e li a manchete novamente.

"GAROTO POBRE MORRE NA RUA MONTAGUE"

Com mais força do que antes, senti que o garoto que tinha morrido 20 anos antes e o garoto que eu conhecera agora e me ajudara estavam conectados. Eu precisava descobrir mais a respeito.

Capítulo 15

Uma Revelação

De manhã, minha mãe telefonou para o médico e ele chegou logo depois do almoço. Depois de fazer um monte de perguntas, inclusive algumas a respeito do garoto pobre, ele pegou o termômetro e verificou a minha temperatura. Colocando uma luz forte nos meus olhos, ele procurou alguma coisa errada. Depois, foi a vez dos meus ouvidos serem verificados, seguidos pelo exame de crânio e do pescoço. – O seu garoto parece ótimo – ele anunciou. A minha mãe perguntou a ele: – Mas e a respeito desse garoto que ele afirma conhecer?

– Não posso negar a existência do garoto, e certamente Tommy parece convencido de tê-lo visto – ele disse. – Mas por outro lado, você sabe como a imaginação dos garotos é ativa. Se tiver mais algum problema, não deixe de me chamar novamente.

Nem bem o médico havia saído, quando a campainha tocou novamente. Ali na porta estava um dos policiais que quase tinham me atropelado com o carro na véspera. Ele entrou para conversar com a minha mãe e comigo.

Dirigindo-se à mamãe, ele disse: – Gostaríamos que o seu garoto nos acompanhasse até a delegacia.

– Algum problema? – indagou a mamãe.

– Não senhora – disse o policial. – Só queremos ver se existe base para apresentarmos uma queixa formal contra os garotos que perseguiram Tommy na rua.

– Então, acho melhor a gente ir, Tommy – disse a mamãe.

Fomos escoltados até o carro da polícia e seguimos para a delegacia no banco traseiro. A minha curiosidade a respeito da morte do garoto 20 anos atrás intrigava minha mente.

– Sabe de alguma coisa a respeito do garoto pobre que morreu atropelado por um carro na Rua Montague 20 anos atrás? – perguntei ao policial.

O policial balançou a cabeça e disse: – Não, isso aconteceu bem antes do meu tempo. Mas é provável que o sargento Wilson se lembre. É melhor você conversar com ele.

– Ótimo! – repliquei. Talvez estivesse fazendo algum progresso para descobrir a identidade do garoto.

Assim que chegamos na delegacia de polícia, fomos levados para uma pequena sala. Depois de me entrevistar por alguns minutos, o policial entendeu que não havia necessidade de apresentar queixa formal contra os Dixons.

Eles acharam que provavelmente era minha culpa ter corrido para a rua, mas os Dixons também foram parcialmente considerados culpados.

– Os Dixons foram avisados de como devem se comportar no futuro e eles prometeram que nunca mais incomodarão você – afirmou o policial.

A mamãe me cutucou. – E eu também prometo não incomodá-los – disse.

– Ótimo – falou o policial. – Um assunto, porém, ainda nos intriga.

– O que é? – eu disse.

– O paradeiro desse garoto pobre que você mencionou... – disse o policial.

– Até agora não tivemos informações de nenhum mendigo na sua região.

Eu engoli em seco e respondi: – Ele disse que estava partindo, pois o trabalho dele estava feito.

O policial olhou para mim com um jeito desconfiado e disse: – Muito bem. Suponho que isso esclarece esse ponto obscuro.

A mamãe se levantou: – Podemos ir agora? – ela perguntou.

– Sim, é claro! – disse o policial. – Mas fique longe de confusão, Tommy.

No caminho de saída da delegacia, de repente me lembrei do sargento Wilson. Eu precisava descobrir se ele sabia alguma coisa a respeito do garoto.

– O sargento Wilson está de serviço? – perguntei na recepção.

O policial sorriu e disse: – Está olhando para ele.

– Você se lembra de um garoto pobre que morreu na Rua Montague há uns 20 anos? – perguntei.

O policial coçou a cabeça e depois disse: – Na verdade, eu lembro. Por que pergunta?

– Preciso saber o nome ou a aparência dele.

– Espere um minuto, vou ver se tenho alguma coisa nos arquivos – disse o sargento, e saiu em busca da informação.

Alguns minutos depois ele voltou trazendo um enorme envelope de papel marrom.

Ele explicou para mim: – Jamais descobrimos o nome do garoto. Pedimos para um desenhista fazer um retrato do rosto dele, numa tentativa de ajudar em nossas investigações, mas isso não teve nenhuma utilidade.

– Posso ver o desenho? – perguntei agitado.

– Sim, é este aqui – disse o sargento, abrindo o envelope e colocando a folha de papel na minha frente.

Um calafrio percorreu minha espinha quando olhei o desenho. Não conseguia acreditar no que via.

A semelhança entre o desenho e o garoto pobre que tinha me ajudado a me vingar pela humilhação sofrida nas mãos dos meus vizinhos era exata...

Era o mesmo garoto que salvou a minha vida!

De repente, percebi a razão pela qual ninguém mais além de mim havia visto o garoto.

O GAROTO POBRE COM CERTEZA
ERA UM FANTASMA!

TÍTULOS DA COLEÇÃO

HORA DO ESPANTO

O Piano

A família Houston acredita ter encontrado uma grande pechincha quando compra um belo piano por um preço muito baixo. Mas o piano parece ter vontade própria. Na verdade, não importa qual música as pessoas tentem tocar, o piano toca sempre sua própria e triste melodia.

O que o piano tenta dizer ao mundo?

Será que os Houston levaram algo mais além da pechincha?

E quem seria o compositor da bela, mas perturbadora, música que o piano insiste em tocar?

O Espantalho

Não é raro pessoas se tornarem fortemente apegadas ao lugar onde nasceram... Mas um espantalho?

Uma série de acidentes misteriosos na nova fazenda da família Davis faz David suspeitar de que há uma relação entre eles. Será que existe alguém, ou alguma coisa, por trás desses eventos macabros?

Quanto mais David investiga, mais ele quer manter a boca calada. Até que o terrível segredo do espantalho seja revelado!

O Escritor Fantasma

Charlie é um aluno com talento para escrever, mas nem mesmo ele consegue se lembrar de ter escrito todas aquelas palavras que aparecem em seu bloco de notas!

Parece que uma história está sendo contada nas páginas do texto manuscrito, mas quem está fazendo a narrativa e por quê?

O diretor da escola de Charlie está se mostrando um pouco interessado demais no bloco de notas e não parece muito contente. Conforme Charlie investiga, descobre que as coisas são piores do que ele jamais poderia imaginar. Você alguma vez já se assustou com o diretor de sua escola?

Eu quero dizer: ficou *realmente* assustado?

O Poço dos Desejos

Tom fica feliz da vida quando encontra um poço abandonado perto de casa.

Quando grita o que pensa dentro do poço, Tom esquece os problemas que precisa resolver na nova escola.

Lentamente, Tom percebe que quando compartilha seus desejos com o poço, eles se tornam realidade, por mais terríveis que sejam. O espírito do poço atende aos desejos, mas o que será que quer em troca?

E o que acontece quando Tom hesita em ajudar o espírito do Poço dos Desejos?

Sangue na Torneira

Bill Todd está encantado porque encontrou uma casa nova para a família. Ela é barata, localizada em uma boa vizinhança e é muito mais espaçosa, uma necessidade para a família em crescimento. Mas a esposa dele e seus filhos – Alex, Beth, Gary e Karen – não têm tanta certeza disso.

A casa parece sinistra e causa uma impressão assustadora. Eles têm um sentimento muito ruim sobre ela, mas o senhor Todd não pretende mudar de ideia.

O endereço é Avenida Blackday, número 13. E logo a família Todd descobre que seus temores estão se tornando reais. Não demorou muito para eles encontrarem algo que fez todos desejarem nunca terem se mudado!

O Doutor Morte

Alguma vez você já foi ao médico com uma doença sem importância só para descobrir que iria piorar muito em seguida?

Foi exatamente isso o que aconteceu com Josh Stevens e seus amigos. Eles deixaram de ser uma turma de adolescentes saudáveis para se tornarem despojos pustulentos, fedidos, ensebados, depois que, por coincidência, passaram por uma consulta com o encantador e elegante doutor Blair. As espinhas medonhas de Josh vão colocar em perigo o futuro encontro dele com a adorável Karen, mas existem "remédios" muito mais sinistros no armário do "bom" médico.

Será que Josh e seus amigos conseguem impedir o doutor Morte de realizar seu plano funesto?

A Fuga de Edgar

Depois de trazer muitas histórias fantasmagóricas e desprezíveis ao seu conhecimento, eu decidi que precisava contar a minha própria história. Tenho certeza de que você está ao menos um pouco interessado em saber quem foi Edgar J. Hyde e quem ele é hoje.

Diante dessa busca por informação, senti que a melhor maneira de atendê-lo seria contando-lhe a minha história.

Neste livro, eu revelo a pessoa por trás das histórias, de onde vim, como consigo contar as minhas histórias de além-túmulo e qual o meu propósito. Agora, peço-lhe que a leia, se tiver coragem!

A Colheita das Almas

Os Grimaldi, uma assustadora família com maus comportamentos e que sempre se veste totalmente de preto, muda-se para a vizinhança de Billy e Alice.

Logo depois, a mãe, o pai e os outros vizinhos deles começam a agir de maneira muito estranha, como se de repente eles se tornassem malvados. As crianças e seus amigos, Ricky e Alex, logo são as únicas pessoas normais que sobram no bairro, em meio a ladrões, encrenqueiros e matadores.

A cidade toda, controlada pelos Grimaldi, não demora a tentar encontrar as quatro crianças para capturar a alma delas e tornar a "colheita" completa.

Feliz Dia das Bruxas

Samanta, Tiago e Mandy são irmãos. Os pais deles decidem descansar um pouco em uma tranquila aldeia no fim de semana do Dia das Bruxas. Os adolescentes estão muito preocupados, pois ficar em uma aldeia chata vai estragar a brincadeira de travessuras ou gostosuras.

Com certeza, o Dia das Bruxas será bem diferente do normal, mas longe de ser uma chatice!

Samanta descobre um velho livro de feitiçaria e rapidamente percebe que é capaz de controlar perigosos poderes. Logo, ela é levada para um mundo terrível e sinistro de magos e bruxos, e precisa escapar ou perderá a vida.